L'Arbre de Joie

Prix Boomerang 2000

D0920239

Zzzut !

Pourquoi Dominique ne peut pas retourner en classe pour faire son exposé oral ? Zzzut de zzzut ! Quand c'est coincé, c'est coincé…

Mineurs et vaccinés

Aujourd'hui, tous les élèves de la classe se feront vacciner contre l'hépatite B. Dominic avait-il raison d'avoir si peur ?

Mon petit pou

Dominic et ses amis jouent à s'échanger leur tuque durant la récréation. Et s'ils s'étaient plutôt échangé des… poux !

Un gardien averti en vaut… trois

Dominic fait venir ses amis pour l'aider à garder sa petite sœur. À trois ils devraient pouvoir la distraire pendant 180 minutes. Est-ce que ça passera vite et sans problèmes ?

L'Arbre de Joie

un roman écrit par
Alain M. Bergeron
Illustré par Dominique Jolin

SOULIÈRES ÉDITEUR

case postale 36563 — 598, rue Victoria
Saint-Lambert (Québec) J4P 3S8

Soulières éditeur remercie le Conseil des Arts du
Canada et la SODEC de l'aide accordée à son
programme de publication.

Dépôt légal: 1999
Bibliothèque nationale du Canada
Bibliothèque nationale du Québec

Données de catalogage avant publication (Canada)

Bergeron, Alain M.

L'arbre de joie
(Collection Ma petite vache a mal aux pattes; 13)
Pour les jeunes de 6 à 9 ans.

ISBN 2-922225-19-4

I. Jolin, Dominique. II. Titre. III. Collection.

PS8553.E674A92 1999   jC843' .54   C99-940526-8
PS9553.E674A92 1999
PZ23.B47Ar 1999

Conception graphique de la couverture:
Annie Pencrec'h

Logo de la collection:
Caroline Merola

À Alex et Élizabeth,
mes plus beaux cadeaux de la vie !

MA PETITE VACHE A MAL AUX PATTES

Chapitre 1

La liste des cadeaux

Près du tableau, dans ma classe de quatrième année, il y a un gros panier d'épicerie, dont les petites roues grincent quand on le pousse. Je le sais parce que Claire, ma professeure, m'a chargée de le rouler jusque-là, bien en vue de tout le monde.

Le panier se trouve là depuis le début du mois de décembre. Lentement, les élèves l'ont garni de denrées et de victuailles qu'ils ont rapportées de la maison.

Tous ont contribué à cette œuvre charitable pour permettre aux familles moins favorisées d'avoir quelque chose sur la table pour le réveillon de Noël.

Enfin, presque tous...

—Et toi, Patricia, qu'as-tu donné pour les pauvres ? me demande mon voisin de pupitre, Donald, de sa voix de petit canard qui mue.

—Euh... une boîte de céréales Corn Flakes. Mais je l'ai oubliée chez moi. Je l'apporte demain.

Heureusement, mon prénom n'est pas Pinocchio ! On ne peut pas donner ce que l'on n'a pas...

J'ai fait mon effort en ramassant des bouteilles et des canettes vides.

Au dépanneur, la caissière m'a remis 1,25 $. J'ai pu acheter deux tablettes de chocolat Caramilk, une gâterie en forme de carrés que l'on peut partager.

J'en ai déposé une dans le panier de ma classe, sans que personne ne me voie. Ma contribution était modeste, mais faite de bon cœur.

L'autre tablette de chocolat, c'était pour Simon, mon petit frère adoré. Il a cinq ans. Il est très mignon. Ses beaux grands yeux noisette se sont illuminés quand je lui ai donné le chocolat. Il n'a pas pris le temps de le dévorer des yeux ; il l'a quasiment englouti d'un trait.

—Moi aussi, j'ai un cadeau pour toi, Ticia...

Il m'appelle comme ça depuis qu'il est tout petit.

Et il me tend les deux derniers carrés de sa tablette.

Je l'aime tellement Simon. C'est mon petit trésor. Nous vivons tous les deux avec maman, dans un petit logement. Mon père nous a quittés un peu après la naissance de Simon.

Ma mère ne travaille plus depuis que l'usine qui l'employait a fermé ses portes, il y a trois mois.

Un crayon de cire rouge à la main et une feuille devant lui, Simon me demande :

—Ticia, aide-moi à écrire ma liste de cadeaux pour le père Noël.

Maman a le regard triste. Elle touche délicatement la main de Simon.

—Je ne sais pas si ta lettre se rendra à temps au père Noël, mon amour, dit maman, la voix tremblotante.

—Ticia l'enverra dès demain par la poste, d'accord ?

Je lui fais signe que oui. J'ai compris ce que maman voulait dire. Pas Simon. C'est mieux comme ça. On ne doit pas détruire les rêves d'un enfant qui tient à un cadeau de Noël. Je sais ce que ça fait : je l'ai vécu à l'âge de Simon...

—C'est pas grave, maman. Le père Noël ne m'oubliera pas cette année. Il me l'a dit au centre commercial. Je veux juste le lui rappeler dans ma lettre.

—On commence par quoi, Simon ? lui dis-je.

—Un train ? Non, un livre. Oui. Non ! Je ne sais pas lire encore. Un vaisseau spatial... Oui, c'est ça ! Un vaisseau spatial.

J'écris : *vaisseau spatial* sur la lettre. Simon accompagne sa demande d'un dessin dont lui seul a le secret. Il me regarde comme s'il avait oublié quelque chose.

—Et toi, Ticia, qu'aimerais-tu que je demande pour toi au père Noël ?

Je lui réserve mon plus beau sourire.

—Un lecteur CD pour écouter mes chansons préférées de Céline Dion. C'est mon idole !

Chapitre 2

Au royaume
des jouets

Nous sommes en vacances. Pour passer le temps, Simon et moi, nous allons au centre commercial voir les lumières, les décorations et écouter la musique de Noël. Marchant main dans la main, nous chantons.

Nous rencontrons plein de gens, les bras chargés de cadeaux, avec des enfants qui rient aux éclats.

Nous nous arrêtons devant une vitrine de magasin de jouets. Simon s'y colle le nez. Son regard est soudé au vaisseau spatial. Je lui propose :

—Et si on allait le voir de plus près.

Nous pénétrons dans le magasin. Un père sort au même moment avec un vaisseau spatial dans son sac. Une lueur d'inquiétude traverse le visage de Simon.

—Ne t'en fais pas, je suis sûre qu'il y en a d'autres.

Je le laisse me guider. Il connaît par cœur la route qui mène à l'univers spatial. Il laisse échapper un cri de joie.

—Oui, il en reste !

Mon petit frère demeure immobile devant l'étalage de jouets. Ses yeux naviguent d'un vaisseau à l'autre, jusqu'au plafond. Il pointe son index vers une boîte hors de sa portée.

—C'est celui-là, Ticia.

Je me fais un plaisir d'allonger les bras pour prendre la boîte et la lui remettre.

Heureux, il la tourne dans tous les sens, avant de s'arrêter à une image. Il me demande de lui lire les inscriptions.

Je m'accroupis à côté de lui et je mets mon bras autour de ses épaules. Ces moments de bonheur sont interrompus par un commis bourru qui nous ordonne de décamper.

—Vous déplacez les boîtes pour rien et puis vous les laissez traîner dans les allées. Filez !

—Tant pis ! On n'achètera pas chez vous ! lui dis-je, avant de déguerpir.

Simon a le cœur gros. Nous nous asseyons sur un banc. J'essaie de le consoler du mieux que je le peux, quand soudain, j'aperçois un objet à mes pieds. Je le ramasse.

—Un portefeuille...

Je l'ouvre. Il y a beaucoup d'argent : des tas de beaux billets de 20 $.

Je le referme immédiatement. Une pensée affreuse traverse mon esprit. Et si j'en gardais un billet... ou même deux. Je pourrais acheter un cadeau à Simon et à maman...

—Tu as trouvé quelque chose, Ticia ? demande Simon en reniflant.

Je lui montre le portefeuille en murmurant :

—De l'argent...

—De l'argent ! crie Simon. On est riiiiiches !

—Chuuut !

—C'est des gens pauvres qui ont perdu leur argent ? reprend Simon.

—Peut-être...

Je vois, dans ma tête, des petits enfants privés de cadeaux de Noël parce qu'une vilaine petite fille égoïste n'a pas rapporté le porte-feuille à son propriétaire.

Sans plus hésiter, nous nous dirigeons vers le kiosque d'infor-mation.

—Madame, pourriez-vous demander monsieur Bigras, s'il vous plaît ?

Et la dame lance son appel au micro. Nous restons près du kiosque. Après quelques minutes, je retourne voir la dame.

—Et si vous précisiez que le portefeuille de monsieur Bigras a été retrouvé...

Trente secondes plus tard, le monsieur Bigras en question arrive, essoufflé. Pas de doute possible. L'homme au visage rond, correspond à la photo du permis de conduire. Il a l'âge de ma mère.

Je lui tends le portefeuille. Il me l'arrache presque des mains.

L'air soupçonneux, il compte ses billets. Je proteste vivement :

—Mais on n'a rien touché !

—Je veux m'en assurer, réplique l'homme d'une voix dure.

Finalement, il se détend un peu.

—Bon... Merci, les enfants.

Sa main fouille dans la poche de son pantalon. Veut-il nous donner une récompense ? Je pourrais peut-être acheter des cadeaux et...

—Tenez !

Et il s'éloigne en vitesse, sans même daigner se retourner.

—Deux pièces à la tête d'orignal ! On est riiiiiiches ! s'enthousiasme Simon.

—Oui, mais pas tant que ça...

Chapitre 3

Mon beau sapin

Simon salue le père Noël au passage. La file d'enfants est trop longue pour s'y glisser. Ce sera pour une prochaine fois.

Je remarque, près du trône, un curieux arbre de Noël. Nous nous en approchons. Il n'est pas décoré comme les autres sapins. Il n'y a pas de guirlandes ni de glaçons de couleur. Les branches sont plutôt garnies de petites cartes et de lumières.

—Pourquoi elles ne sont pas toutes allumées ? demande Simon.

—Elles sont brûlées, dis-je, peu convaincue.

Un grand policier, dont le visage est barré d'une énorme moustache noire, s'approche. Simon a le cou cassé tellement l'homme est imposant.

—Dans l'Arbre de Joie, on allume les lumières que pour des circonstances bien particulières, nous dit le policier.

Son sourire est chaleureux. Sa voix est douce et rassurante. Il nous indique une carte. Un prénom y est inscrit, celui de Jérôme, huit ans, et sa suggestion de cadeau : une bande dessinée du père Noël.

—C'est pour illuminer le Noël des enfants de familles démunies. Les gens qui ont bon cœur et quelques dollars prennent une petite carte et s'engagent à acheter un cadeau à cet enfant pour Noël.

Je fais remarquer au policier qu'il y a encore beaucoup de lumières éteintes.

—Oui, dit-il en soupirant. Sur les 400 enfants, il y en a encore au moins une centaine qui n'ont pas été choisis. Excusez-moi...

Une dame, élégante dans son long manteau de fourrure, demande des explications au policier. Il lui répète patiemment ce qu'il vient de nous dire.

Visiblement touchée, elle lui laisse son nom et se dirige vers l'arbre. Elle hésite parmi tous ces prénoms de garçons et de filles.

—Je choisis... David, quatre ans. Je vais gâter ce petit bonhomme comme s'il était le mien.

En chantonnant, elle allume la lumière correspondante. Dans son empressement, elle fait tomber une carte. Je la ramasse et je la remets au policier qui me remercie.

—C'est important qu'on n'oublie pas le petit Simon, dit-il en replaçant la carte dans l'arbre, devant la lumière encore éteinte.

« Quoi ? Simon ? Mon Simon à moi ? »

—Qu'a-t-il demandé pour Noël ? dis-je, essayant, tant bien que mal, de paraître calme.

—Un vaisseau spatial, répond le policier. C'est un beau cadeau pour un garçon de cinq ans.

Chapitre 4

Les enfants oubliés

Au cours des jours suivants, nous retournons régulièrement au centre commercial. Simon, lui, aime aller rencontrer le père Noël, tandis que moi, je discute avec le grand policier moustachu, près de l'Arbre de Joie.

J'espère que la carte de Simon sera choisie. Mais les heures passent et sa petite lumière demeure éteinte. Ce n'est pas le cas pour les autres.

De plus en plus, les cartes s'envolent et les lumières rayonnent de leur plus bel éclat.

À une heure de la fermeture du centre commercial, il ne reste plus que quelques cartes dans l'arbre.

Je commence à désespérer pour Simon. Lui, il est fatigué ; il a tout raconté au père Noël et n'aspire plus qu'à rentrer à l'appartement.

Un vieux monsieur au crâne dégarni, le dos voûté, s'avance lentement vers le policier.

—Encore une autre carte, monsieur Labonté ?

—Mes modestes moyens m'en permettent un dernier. Je ne peux pas supporter l'idée que des enfants passent la fête de

Noël sans déballer le moindre cadeau, dit-il au policier.

La main tremblante de l'homme explore les cartes restantes. Derrière ses grosses lunettes, ses yeux lisent difficilement les prénoms. Mon cœur bondit plus vite quand il effleure la carte de Simon. À mon grand regret, il poursuit ses recherches. Il choisit une carte et la tend au policier.

Quel dommage pour Simon. Passer si près...

—Je crois qu'une erreur s'est glissée, dit monsieur Labonté. La petite Noémie, dix ans, ici, je m'en suis déjà occupé...

Le front plissé, le policier consulte ses listes et se rend à l'évidence.

—Vous avez raison, monsieur Labonté. Son prénom est inscrit à deux reprises.

Et le charmant vieil homme retourne au sapin pour arrêter son choix sur... Simon ! Incroyable !

J'en suis tellement heureuse que je bondis en chantant. Les passants doivent me trouver folle. Tant pis ! Mon amour de petit frère ne sera pas oublié à Noël.

Quelle émotion de voir cette petite lumière briller de mille feux. Elle contraste avec sa voisine toujours dans l'ombre de l'autre.

J'ai une pensée pour ces quelques enfants dont les cartes sont toujours dans l'arbre. Je

peux comprendre ce qu'ils vivront quand ils retourneront à l'école et que les copains compareront les cadeaux reçus à Noël... Il est préférable de se faire toute petite et discrète durant ces moments-là.

—Tu viens, Ticia ? me dit Simon, en tirant sur ma manche.

Le policier retire les dernières cartes de l'arbre. Nous lui souhaitons un joyeux Noël.

—Il en reste beaucoup ?

—Seulement quatre, me répond-il.

Il les lit avec tristesse :

—Mélodie, 3 ans ; Alexandre, 11 ans ; Félix, 8 ans ; Patricia, 10 ans...

Oups ! Il y a comme une boule dans ma gorge...

Chapitre 5

Joyeux Noël !

C'est la fête ce soir. Des gens sont venus nous remettre un gros panier de provisions. Et vous savez quoi ? Il y avait une tablette de chocolat Caramilk parmi les victuailles ! C'est drôle la vie parfois. Nous avons partagé le chocolat à trois avec plaisir.

Maman, heureuse, comme on ne l'avait pas vue depuis longtemps, a cuisiné une belle dinde, avec de la farce, des atocas, des petites carottes et des patates. Pour dessert, une belle bûche de Noël nous attend.

Un vrai festin de roi dont nous savourons chaque bouchée.

Une fois le repas terminé, la vaisselle lavée et rangée, nous passons au salon pour chanter des airs de Noël. Notre « Vive le vent », joyeux, est interrompu par la sonnette de la porte.

—Et si tu allais ouvrir, Simon, dit maman.

Il se précipite à la porte, l'ouvre et s'écrie :

—Père Noël !!!

—Mais fais-le entrer, dis-je à Simon.

Je reconnais, sous la grosse barbe blanche, la moustache noire du policier de l'Arbre de Joie.

Ses Ho ! Ho ! Ho ! remplissent notre logement, porteurs de générosité et de bonheur. Il prend place sur le divan du salon. Simon tient ma main. Il est nerveux. Il est tout excité.

— J'ai tellement de surprises, là-dedans, dit le père Noël d'une voix étouffée, la tête enfouie dans son sac.

Il en sort un cadeau, avec un bel emballage, et le remet à mon petit frère.

— Joyeux Noël, mon beau Simon !

— Ticia ! Aide-moi à l'ouvrir, dit-il, les yeux aussi grands que son cadeau.

Il a deviné, j'en suis sûre, par la forme et la taille de la boîte, qu'il s'agit de...

—Mon vaisseau spatial ! hurle-t-il, après avoir arraché le papier.

Le père Noël se lève du divan. Il passe sa main gantée dans les cheveux de Simon et se dirige vers la porte, escorté par maman.

Simon cesse alors subitement de jouer, l'air grave.

—Non ! J'en veux pas !

—Mais Simon, c'est le jouet que tu as inscrit sur ta liste pour le père Noël, plaide maman.

—J'en veux pas, parce que Ticia n'a pas reçu de cadeau...

J'ai les yeux pleins d'eau. Mon amour de petit frère.

—Ticia ? demande le père Noël. Comme dans Patricia ?

—Oui, c'est ça : Ticia, dit Simon sur un ton déterminé, en voulant lui redonner le vaisseau.

Le père Noël, je ne sais comment, sort un paquet de son sac et me le tend. Il est décoré d'un ruban bleu.

—Merci, dis-je, en bafouillant.

J'ouvre délicatement la boîte :
un lecteur CD !

—Joyeux Noël, Patricia, me
dit le policier-père Noël, les yeux
pétillants comme toutes les
petites lumières de l'Arbre de
Joie.

—Alors, je garde mon vaisseau, lance Simon.

Le père Noël éclate d'un
grand rire.

—Je dois continuer ma tour-
née. D'autres petits enfants attendent ma visite, comme Mélodie,
Alexandre, Félix, dit-il en me
faisant un clin d'œil.

Nous lui donnons chacun un
baiser sur la joue, avant qu'il ne
referme la porte derrière lui.

Nous nous précipitons à la
fenêtre pour le regarder s'avancer
vers l'auto-patrouille où l'attend un
vieux monsieur un peu chauve,

aux épaisses lunettes et à l'âme généreuse.

—Joyeux Noël, monsieur Labonté, dis-je en le saluant de la main. Merci d'avoir allumé les petites lumières de l'Arbre de Joie... et nos cœurs !

Alain M. Bergeron

L'Arbre de Joie existe vraiment. Je l'ai vu grandir dans la région des Bois-Francs où il a pris racine en 1994. Il doit la vie aux organismes suivants : le Carrefour des Bois-Francs, la Sécurité publique de Victoriaville, le Club optimiste d'Arthabaska et les Cuisines Collectives.

Dès la première année, la générosité de la population a fait s'allumer les petites lumières, et le cœur, de 125 enfants.

L'Arbre de Joie pousse maintenant à la Grande-Place des Bois-Francs. Cette année, il permettra à plus de 400 enfants de recevoir des cadeaux de Noël.

Il reste maintenant à souhaiter que la coutume devienne tradition. Ainsi, le sourire continuera d'éclairer le visage de toutes les petites Patricia et de tous les petits Simon.

Dominique Jolin

Noël, c'est sérieux. Sauf pour Dominique Jolin qui adore magasiner et observer les enfants et leurs parents qui attendent en ligne un père Noël... parti en pause-café.

Dominique aime aussi acheter des cadeaux absurdes aux gens qui la connaissent bien. Elle peut rire de longues minutes toute seule à l'idée de la tête qu'ils feront...

Mais ce que Dominique aime pardessus tout, c'est de voir briller les yeux de son amoureux, une fois le sapin décoré.

**Édition spéciale pour le
Club du livre des Éditions Scholastic**

Achevé d'imprimer
sur les presses de AGMV-Marquis
en octobre 2004